JN155055

Akiko Smith

幻冬舎MC

道のり

装　　　丁　松山はるみ
組　　　版　落合雅之
編集協力　青龍堂

目次

交差点

一つ目の交差点で　車同士ですれ違う
二つ目の交差点で　私は車からおりた
自分の足で　歩いている
相手はまだ　車から降りられない
ずっとこの先も　速度の違いで
もう　交差することは　ないだろう
それは　相手との距離の
埋められない　時差なのだ

一章　私の道

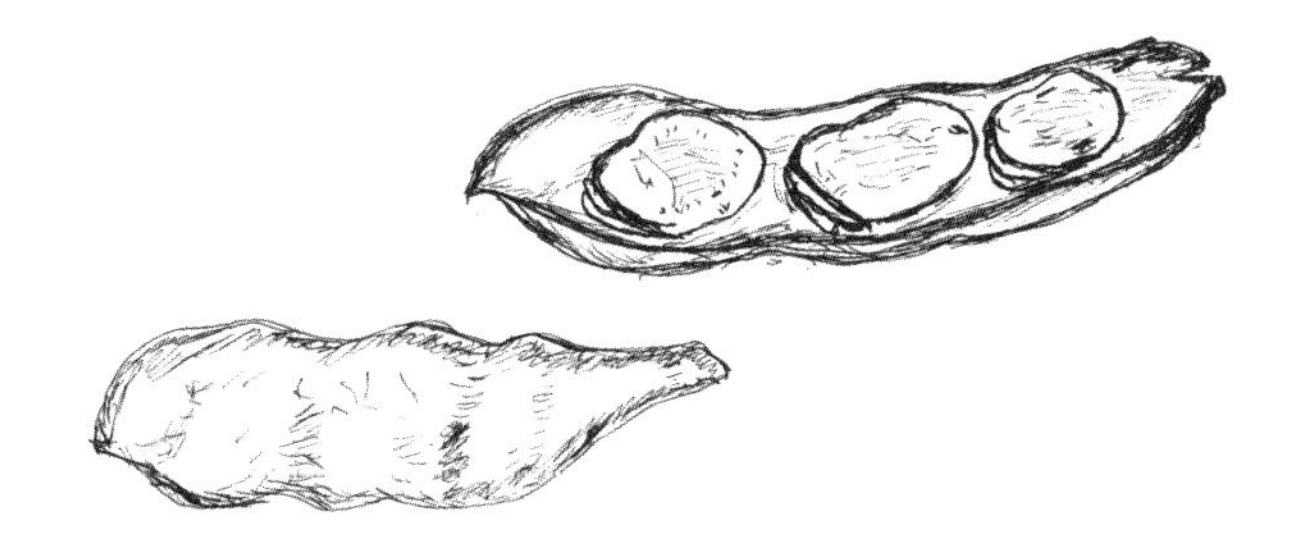

大きな望み

食物連鎖の頂点に立つ　ヒトの　ふるまいは？
答えてくれる相手が　小学生でも
ハタチの子でも　中年でも
又　ずっと年上の九十才の人でも
男でも
女でも
中性でも
動物でも
植物でも
私がそうだと　思える対象に出会ったなら
その対象のそばで
短い間でいいから
一緒に時を過ごしたい

プレゼント

プレゼントを　人にするというのは　難しい
一方的に　渡したとて
受け取った方は　好みかどうか　迷惑なのか
事前に　了解とらないから
半々の思いが存在する
凄く喜ばれたら　ラッキーだが
反対に　大変困って　おこる場合さえある
嫌なものは返したい
返せるものならいいが
受け取ったら　返せない迷惑なものは
どうしたらいいんだろう
相手に迷惑だったことさえ伝えられない
一方的な　思いのプレゼントなら
苦しんでしまう　結果にもなる

束縛

私は　夫に縛られていたが
子供達は　学校という社会に
夫は　会社のトップとして
出入りする業者は　それぞれの仕事場の
地位の中で　ポストに縛られて
偶然見たこと
知ったこと
感じたことを
自分の良心で　動くことができない
人は生まれて
親や学校で　こうありなさいと
教わりながら
自分の意志で
人を助けることも
手を差し出すことも

声をかけることも
たやすく　できなくなった社会
こんなヒトの集まりは
未来において　何になるんだろう
誰のために　役立つのか
誰かの人生を壊していることに
気づいていているのだろうか

しあわせ

四半世紀かけて　手にしたものは
幼い時分の子供との　宝石のような関わり
そして　著名作家の作品から
切なる思いを　見つけられたこと
それは皮肉にも　自身の家庭生活を
振り返って　得られたもの
彼が作品を通して　語りかけたものは
私の骨にささり
それがうれしくもあり　悲しくもあり
だから　その家庭生活も
到着点までの　必要なレールだったのかもしれない
つまり誰かが　言っていた
しあわせであることが
しあわせであるということには　ならないと

甘え

あんな風に書いてしまった手紙
昔のあなたしか　知らなかったから
よけいな事まで　発してしまった
今更　悔いても
あなたの壊れた心は
もとに戻らない
それから思い出した次々の記憶
今更　弁解してもしかたない
あの時　ほんとうに苦しかった
そして　発見した
あの時　あなたの事を
身内以上に　甘えている自分が
いたんだと

清らかな人

小学校一年の頃
近所に「いなりや」という
お菓子屋さんがあった
私は　甘い物に飢えていた
半円柱形を横にした
透明なお菓子ケースが　店の周りに並んで
種類のちがう　計り売りの菓子が　入っていた
そのケースとケースの間に
こぼれた小さな菓子を
私は　店員さんの目を盗んで　拾って
ポケットに入れた
ほどなく　そこの娘さんと友達になり
彼女は　色の白いふっくらした
笑顔が素敵な可愛い子だった
遊びに行くと　お菓子を沢山出してくれた

ある時　訪ねたら
亡くなったことを知らされた
体が弱かったらしい
私は彼女と遊びながら
彼女の境遇が　うらやましかった
可愛い洋服を着て　きれいな家に住み
お金に不自由しないことに
彼女の死で　七才の私は
お金があっても
生活に困らなくても
しあわせってことは　ないのだと思った
だけど　心の中に残っている彼女は
いつも　楽しそうに遊んでいる
清らかな笑顔の彼女で
だから　少ししか生きられなかったが
充分　彼女は　しあわせであったのだ

口（くち）

鰻屋の皿洗いのバイトで
知り合った男の子達と　仲のよい女友達と
五人で　グループ旅行した
東北　男鹿半島から小さな船に乗り
木の葉のように揺れ
もどしてしまった
その内の一人の男の子を　好きになる
彼のあだ名は口（くち）
彼の友人は　その頃盛んだった
フォークグループを作り
小さな会場でコンサートをしていた
私は彼の友人の彼女と親しくなり
彼女と会話を重ねた
結局片思いで終わってしまったが
友人の彼女の言葉が　今でものしかかる

「口を理想化しては可哀相よ」
私の対人関係に対しての
マイナス面を教えていて
つまりそこが私の欠点だと
言われたような気がした

宅配業務

送り物は　受けとった人のサインを
もらわないと
届けた事には　ならない
宅配業務の常識
サイン　もらってましたか？
それとも　サインしてたんだろうか
私が忘れてるだけで
いっぱいサインしてたんかな？
受け取った荷物
大事にしまいこんで　忘れていたのか

海の声

今年始めからの
一年の出来事は　あまりにも目まぐるしくて
信じられない事だらけ
でも　それは私を振り返らせる
チャンスにもなり
教えてくれた事　多大
まわりの人達の　うれしい気持ちも
悲しい出来事も
今の私になる　必要なことだったのか
体の続く限り
マイペースで　いくしかない
励ましてくれた　この年特に夏に
「海の声」の歌
ありがとう

頼りたかった人

問題は　次々と重なり
一番相談したい人に
そう出来ない　状況になった
身内にも　期待できず
苦しい時を過ごした
人は何かをささえに　生きている
大切な人が　重たい危険な立場に
あわないよう　やっていく事が
せいいっぱいの　思い
声をかけなかったこと
それが　私のその人への思いである

トワイライト

日の出の瞬間は

くらくらする程　燃えて登る

日の入りは　オブラートに包まれた太陽が

静かに　確実に　降りていく

日の出前の薄明り

太陽が沈んだ後の　完全に暗くならない　空間

どの位の時間だろう

光を待つ間

光がなくなってからの　黄昏（たそがれ）のひととき

トワイライト

真黒と　真白をつなぐバトン

大事な時間

私は　いったい何をしていたのだろう

いつも　人の心を　つかみ損ねていた

夜陰

男は　夜　鍵と携帯と財布を持って
ふらりと　出かけられるのに
なぜ女は　車を運転して買物の帰りに
夜　公園のそばで　一服して職質されるんだろう
男は　何でも　いつでも　ごまかしてでも
自分で楽しむ時間を使えて　問われないのに
なぜ　日中家で用事して　夜自然の外気に
ふれる事が　ダメなのか
わずかな自由さえ　女は許されない
男の歓楽は許しても
女の静寂な夜陰を　味わう事を
拒まれる世界
一体　どっちが　ましな人間で
一体　どっちが　大事なんだ

夢

チビは　突然現れた
夢の中に
彼は　土で汚れた体で
私の前に　立っていた
まるで　穴の中から這い上がったみたいに
私は　思わず彼を抱きしめた
数年前に　亡くなったことは
一瞬忘れて
すぐ　夢から醒めて　泣いてしまった
チビが　寂しかったから
夢に出てきたのか
私が　寂しかったから
彼が　現れたのか
どちらだろう

愛される女性

小さい頃から　世界中が彼女を
見つめ続けて来た
公私共に
あどけなさから
少女となり　成人した女性になるまで
恥ずかし気もなく
覗（のぞ）き見している世間の私達
彼女は　どんな思いで
自分を叱咤激励してきたのだろう
彼女は　人並以上の努力を重ねた
結果は　いい時だけではなかった
それは　世間一般の生き様と重なり
彼女の人間らしさの　魅力を
深めるものとなる
皆　あなたのことが　大好きです

二章　変わらぬ道

ヒト

一昔も　二昔も前のことを　くり返し思い出し
泣き叫んでも　過去を取り戻すことは　できない
どんなに　自分に都合悪く　時がながれても
誰も　罪を犯した人間は
それにかかわった人々も
責任をとろうとはしない
これが　食物連鎖の頂点に立つ　人間というもの
貪欲な一面であり　全体である
そんな人ばかりで　この世がなりたっていたら
すでに　信頼をなくした人類の崩壊は　始まっているだろう
二度とくり返さないためにと
苦しんだ人間は　訴えるが
人は　二度も　三度も　何度も　くり返してやまない
自分の事として　他人の苦しみを感じない
想像力のない　人達が　多すぎる

やせ細る命

先祖から　ひきついだ命
押し殺した　過去の記憶の中で
受け継がれた命のエネルギーを
他人を苦しめる行いに　使用して
その場面を覗く　快楽に浸り
小刃細工が　バレないと得意になっている
落ちていく　人たち
彼らの行末は
私達の行末にも
かかわって来る

追い続けるヒト

雲は　おんなじだった
どこへ行っても　日本の中でも
世界のあちこちでも
形は変わっていても
見えないものを　無理に細工して
見たとしても　なんになるのだろう
ふらつく心の奥底を
本人達すら　定かでないものを
あるようで　ないようで
留まる所を知らず
雲は　終始動いている
ゆっくりと　たまに足早に
人は変わらないものを　追い求めて
信じられるものを　探して
だけど

大抵は　皆　変わりはて
欲望を　満たすために
平気で　裏切る
それが　その人間の正義なのだ
よくても　悪くても
目の前に　現れたものを
追い求めて　止まない
ほんとうは　すぐそばに
大事なものは　置かれている事に
気づかないで

信用

他人との信頼は　ゼロという
出発点で　人を見る事
逆にゼロという事を　はっきりさせたい
信用がないという前提で
対応する
いか程　信頼できないか
いか程　くずれた人格か
その計測のための　チョウサやカンシ
信用がない　度合いを計る
現在の世の中　必要な存在という事実
それが　悲しい
と　言っている事さえ
現実的でないと
笑っている人が　いる

夕顔

去年買った苗で
咲いた花の種で
今年は　自分で苗を育てて
三方の家の周りに　植えた
毎日の　水やりのかいあり
夕方に咲く　白い花達
用事が終わって　家路に着くと
夏から秋に　毎日出迎えてくれた
「おかえりなさい」
長年の　おわびをこめて
かすかな香り　あなたに届いたかな

一番のしあわせ

父は　戦後遅くして故郷に　帰ってきた
母は　死亡通知が来ないからと
妻として　家で待ち続けた
娘には言えない　父　母　それぞれの事柄が
あっただろうが
その両親の間に　新しい希望として
生まれた　その子は
五年後に　空を見上げていた
生きていること
生きて　深呼吸できる　ということ
空に泳ぐ雲を　見られる　ということ
日本に無事帰れた両親も
新しい命のその子も　空を見ることができた
当時　それが一番のしあわせだったのだ

人と人との関係

手に入るもの　入らないもの
手に入れたいもの　入れられないもの
見せたいもの　見せたくないもの
見てほしいもの　見てほしくないもの
人と人との関係は　いつも緊張状態
認めてほしい事
目をつぶってほしいもの
認めていけないもの
目をしっかり開けて　直視してほしい事
それら　すべてが要求される
人と人との関係

視姦（しかん）

昔　ある地方の詩の冊子に　載せられたもの
台所の隅のゴミ入れに　置かれた
サンマの頭と　同じように
棺に入った自分が
他人に　次々と顔を見られるのを　嫌がった詩
「視姦されるのを拒否したい」と
「視姦」という　彼の造語に　私は目を奪われた
人間に食べつくされて　始末された
サンマの顔を見つめる目と
自分の行末のその場面
重ね合わせた　震える思い
最期のわがまま
最期のプライド
表彰式に　黒のスーツの女性の姿があった

氷上の天使

男でありながら　男だけでない
女のようで　女だけでもない
芯の強さと　体の線と動きから
表すものは
年令を超えて
体は　若干ハタチのしなやかさを武器に
心は　ずっと先まで持ち合わせ
幽玄の世界をも　感じさせる
溜息をつく　美しさ　宇宙人みたい

明るい友人

友人の結婚式の帰り
入院している別の友人に　報告をかねて
立ち寄った
いつも学生時代　四人で旅していた
バイトしたお金で
学生寮やユースホステルを使い
一番楽しかった頃
その時の一人だった彼女の入院
残る二人で　式に参加したままの姿で
彼女を見舞った
すでに彼女の勤め先の友人が
少し沈んだ顔で病室の壁に立っていた
ベッドに横たわるいつもの顔を見て
病気で休んでも　半分給料が出るから
退院したら　皆で旅行に行こうと約束した

薬の副作用で　髪が抜けると
訴えても　以前と変わらない笑顔だった
その日は雨で　彼女の母が
私達の着物の裾を　端折(はしょ)ってくれた
彼女は亡くなった
彼女の母は　勤め先には知らせて
私達には　事実を知らせなかったから
彼女は　いつも明るかった
病院のベッドの上でも
いつもと　変わらない笑顔だった

必要なもの

災害が発生すると
日常でなくなるから
いろんなものに頼って
生きている今の私達は　タジタジになる
最低限　必要なもの
絶対なくては　生きていけないもの
それを　初めて理解する
自分自身の健康な体
信頼しあえる人達
幾分かの　水と食料
だけど　何事もない時
いらないものを　かき集めて
際限なく　満足しない満足をあさる
三つのうち　一つでも　欠けたら
生きていけないことを　忘れている

木の精

黄緑を少し残した　紅葉
いちょう色した　もみじ
真紅に染まった　モミジ
咲き誇る花のように
色づく葉の　細波たち
見入ってしまう　我々は
春に咲き　謳歌してみごとに散る桜と
同様に
その木々の下で　眠る
沢山の魂を　忘れてしまう

力

海を見ていると
空を見上げていると
何も　欲しくなくなるから
不思議
何も考えなくて　よくなるから
不思議
あちこち痛む体も
投げ出された問題も
そして　あなたの事も
束縛も　いじめも　戦争も
波の音　まばゆい日の光
これ以上の　力が　あるだろうか

自由

人を　自分で首をしめていると　批判したが
自分も　同じかもしれない
ちがう形で　最初の経験や　ある観念に囚われすぎて
とき放す　自分を自由にする
ある満足を得られる　変わっていく
自分を認めては
たとえ　まわりを傷つける事になっても
お互い　自由を認めあえば
すべての人間の価値観が　そうであれば
問題は　起こらない
仕事も　うまくいく　―そういう信頼―
実現可能ですか？
現在の組織の中でちがう価値観も　認めあうことは
どこかで　誰かが　泣いたり　叫んだり
苦しんだりする場面が　あるということ

あなたに

つまらない方法で　人の姿を覗くより
ある一瞬を見て　その人のいろんな事を
想像してみよう
その人が笑った時　どんなことで
笑顔が作れるのか
その人がうつむいている時　どんな悩みを
かかえているのか
その人が怒っている時　何に対してだろう
その人が泣いている時　どんな事で苦しんでいるのだろう
想像することで　自分も胸がふくらんだり
縮んだり
同じように　心をめぐらせる
そして　その相手の表情の変化を
直(じか)に　見る事で
あなたも　成長できる

だから
相手のプライバシーを犯してしたことに
それを　相手が気づいたら
された人は　どんなに苦しむだろう
その人のことを　ほんとうに想うなら
できないことだよね
そっと　見守ることをすれば
ずっと　あなたが素敵になっていく
今　そばに居る大事な人を　なくすかもしれない
これから未来に出会う
大切な人の心を　つかむためにも
今のままのあなただと
自分もみじめで　悲しいだけだ
私は　変わったあなたの顔がみたい
相手のプライバシーを犯さないで
そっと　相手を応援すること
それは　自分がしあわせになること

幹(みき)

土の中に　根を張る木たち
いろんな顔がある
幹の表面の模様　出っぱりや感触
種類ごとに　ちがう
白樺　松　樫　杉　銀杏　桜
枝も葉も　それぞれ異なるが
一番　人に近いのは　桜
くねくねと　太さも　でこぼこも
ひねりも　枝のつき方も
まるで　人以上の　感情むき出しの
幹の表情
花も　つぼみもついていない時は　よけいに明白
ウンザリする程　喜怒哀楽に満ちた形
それでも　咲かせる花は
一番美しいのは　なぜだろう

距離

どちらも　声をかけなければ
会わなければ
話さなければ
どんなにお互いが
思っていたとしても
先は　あるのだろうか
どんなに　意見がくいちがおうが
そんなに　好きでなくとも
たとえ　いがみ合っていたとしても
一緒に　寝起きする方が
人間関係としては　繋がっていくのかもしれない
離れれば　どちらも　それ切りになる

ラスコー洞窟壁画

気持ちだけでは　生きていけない
モノや力だけでも　生きていけない
一万五千年前の人達も
暗い洞窟に入り　自らでこさえた絵の具で
小さな油の光を頼りに　壁に　絵を描いた
その時代に生きていた　牛や馬を
動きと　表情をとらえ
何のためだろう
石器時代の人間の魂は
ヒトは　食料やモノだけで
その日を暮らす事に
満足しない　生き物だと　語っている
一万五千年後の私達は
きちんと　その魂を
引き継いで　いるのだろうか

クロマニヨン人の脳

クロマニヨン人の脳は
現代人と比べて二〇〇ccから四〇〇cc
大きかったそうだ
いくつかの　動物や植物に囲まれた　自然の中で
生きていくのに　それだけの脳が　必要だった
量が少なくても　生きていける現代
彼らの　生きていた生活と比べて
高度な発達を　遂げた今
どうなんだろう
一部の人間は　それでも容量の大きい人が
常に　存在しているから
小さい脳の私達は
その人達が　むやみに利用されないために
目守る目は　必要だ

三章　彼らの道

「それから」より

日本紳士の多数は
日毎に―中略―罪悪を犯さなければならない
そうして　相手が今　如何なる罪悪を
犯しつつあるかを
互いに　黙知しつつ　談笑しなければならない―中略―
かかる侮辱を　加えるにも
又　加えらるるにも　堪えなかった
生活欲と道義欲の平衡
百年前より　変わっていない
経済力が肩を　並べられたとて
それは　継承し続けた
一日が　無事終われば
あとは　何をしようが　又
何かしないと　次の日はおくれない
連鎖の頂点に立つヒト　あなた

「虞美人草」にて

虞美人草で　漱石は言う
道義を犠牲にして　得る快楽は
底知れず　際限がない
悲劇は　突然として　やってくる
原点に戻り　三世にわたり
知らしめんとすると
百年後の　この世代は
二世がどれだけ　理解するか
ましては　三世は如何か
くり返さないための死であっても
人は忘れて　業のままに生き
くり返して　進むのだ

「こころ」より

「かつては　其の人の膝の前に
跪いたという　記憶が
今度は　其の人の頭の上に
足を載せさせようとする」
「自由と　独立と　己とに
充ちた現代に生まれた我々は
其の犠牲として　みんなこの淋しみを
味わわなくてはならない」
昔　どんなに親っていた人でも
時が経つと　自分に力が蓄えられると
未来においては　その人を　馬鹿にしてしまう
その馬鹿にされる淋しさに
耐えなくては　ならない
それは　順ぐりとした　人としての
宿命なんだろうか

それを味わわないためには
人はいつまでも　果てのない頂上を目ざし
命ある限り
走り続けるしかない
それを実行したのが
彼自身だった

跪(ひざまづ)く生き方

神様が　あなたを　特別に
生きかえらせてあげる
と　言ったとしても
彼は　断るだろう
彼は　死ぬまで
「頭上に足を　載せさせよう」とは
しなかったから
死ぬまで　「跪く」仕事を　続けたから
だから　もう一度　生き返って
同じ思いで　生活してゆくことは
しんどいだろうね
会いたいと思う人が　いなくなったと
弟子の絵描きに　言っていた
ほんとうは　生きている時に
沢山の人々から　愛されたかった

理解されたかった
でも　その作品の価値は
後の時代が　再認識する
ちゃんと　自分の人生を振り返ることが
できる人なら
誰でも　彼の世界に　入ることができる

「坑夫」より

「心の状態は　有耶無耶の間に
縁を引いて　擦れ落ちながらも
振り返って　故の所を慕いつつ
押されて　行くのである」
どこに　いくのだろう
故の所に戻るのか　又は
流されて　別の所へ行くのか
人の気持、感情は　ふわふわして
雲のごとく　泳いでいる
昨日　思い悩み二度としないと
誓ったことでも
一晩たつとケロリと忘れて
たじろぎもなく　悪事を始める
人は　いいかげんで　だらしなく
道義を捨て去り

平気で　そのことに苦しまない
プライドという　砂粒のひとかけらさえ
体から　流い落とし
ヒトという衣(ころも)を着て
すまして　生存する
元に戻るのを期待しても
現実には　今の行動の延長だろう
心の状態のゆくえだから
実行動とは　ちがうよね

「道草」より

「世の中に　かたづくものなんて　ありゃしない
片づいたように見えるだけで　形をかえて　又　現れてくる」

彼も　現実的には
お金の問題で　苦しんでいた
自叙伝的小説
子供の頃　恵まれた愛情が
乏しい人だった　なんて
それでも　後世に人を魅きつける作品を
残したわけだから
子供は　どんな環境でも
一個の人格を作り　成長する
いろいろ足りなかったから
自分で補い　あこがれる世界
が　頭の中に　広がる

だから　現実を見直すこと
呼びかけることをした
彼にも　言える
しあわせであることが
しあわせであるとは限らなかった

続「道草」より

彼は　偉くなるか
金持ちになるか　考えた
金持ちに　なれないことは　ないが
それに削く　時間が惜しかった
思った事を
考えた事を
作品を通して
他人に認めてもらいたかった
そうだよね　一人一人に与えられた時間は
平等だ
体が悪い事を　自覚しながら
ペンを　走らせ続けた
彼は財力でなく
人が生きていくうえで
つき当たる問題

又　こうありたいという願いを
問い続けた　自分自身を含めて
目先のことに　囚われず
長い未来を　みつめて
やりたいことを
やりたい
どんな境遇でも

戦場でのデッサン

彼は若くして　召集された
戦いの中で　デッサンをした
戦闘機の形　そこで仕事をする人々
水と食料を持ち運ぶ　兵隊達の様子
見つからないために　川に潜り
顔だけ出して
草を絡めたヘルメットをかぶり
目の鋭い兵士達
攻撃され　瀕死の状態の仲間を見つめる目
沢山の　横たわる亡骸を前に
何を思っただろう
それでも　彼は　描き続けた
そうして束の間の　現地人達との
たいまつを囲んでの　踊りや交流
生きて　故郷に帰り

焼け跡の先にそびえる
姫路城を見上げ
立ち尽くす自分を描いた絵
それが　彼の新たな出発点となる

続く

「一遍　起こったことは　いつまでも　続くのさ」
吐き出すように
「道草」の主人公は言う
人格や　その人の弱みを知り抜いたら
どこまでも　その人を追い続け
どこまでも　追い込んで苦しめ
心も体も裸にする
対象がお金だったり
精神的ダメージだったり
ひとりで　生きていく事は
風当たりが　きつい
何度も　何度も　くりかえされる

四章　悲しみの道

一人の女

「ひとりの女について　深く知ることは　女について　知ることになるが
沢山の女を　知ったところで　女について　知ることには　ならない」
漱石さんが　言った言葉らしいけど
ごく普通の男は　より多くの女を知りたがる
沢山の参考書を買い求め
少ししか読まないで　会得したように
逆に女にも　当てはまるのだろうか
誰かに言われなくても
一人の男で　知力体力消耗し
大概降参するけど
習い事と似ている
一つの事を追求すれば　それなりの結果がある
いくつもの　上部だけの経験では　なかなか　ものにできない

一人ぼっち

守るべきものが　あるというのは
それだけで　しあわせだ
持っていない人に比べて
心もそう　ささえになるものが
あれば
人は　歩いていける
だから　きれいなもの　好きなもの　行きたい所
やりたいことを　やれば
笑顔を　取り戻せるだろう
笑顔を　取り戻すと　人が集まるし
小説の中だけど　一人ぼっちで寂しくて
亡くなる　「心」の先生達
別の深い意味もあるが
一人ぼっちがつらくならないように
生きたいね

果てしない悲しみ

男の性的欲望は　果てしない
オスとしての習性か
沢山のメスに
自分の子孫を残したいのが　本能か
一対一でなく　一対一〇〇くらい
そのような生殖的本能とは別に
生殖可能な年令を超えて
不可能なメスも　その対象とする
年を重ねたメスでも
出産には未熟な幼い子供さえ
トラウマを負った人々の話は
それ以上で
実の親、兄弟身内からの被害も聞く
ひとりひとりの異なった
期限つきの命の中で

留処を知らない
貪欲な人間達に
神様は　何を試されているのだろう
そして　被害者の苦しみは　どこで
受けとめて　もらえるのだろう

苦しむ体

終わりそうもない　体の変調
時や私の動きに構わず
襲う
それはしくまれた　組織的なもの　個人的なものか
又　自身の変化か
どちらにしても　見えない相手
一人で行動している人間だけに
忍びよる　本人だけの自覚症状
病院で検査してもらっても　わからずじまい
いつまで　やり続けるのか
強い電波を感じるので吐き気を催す
沢山の仲間が　まわりにいて
私と共に移動していた感じもあった
下半身の微妙な不快感は
上半身にも及び

直に　呼吸が苦しくなり
両腕　手足の脱力感で　フラフラになる
ある漫画家の方の出した冊子のように
うまく　伝えられないかもしれないが
精神的不安と言われても
私は　自分の武器で
声を上げるしかない
痛みと戦いながら

ごめんなさい

仕事で　気のすすまない事を
しなければならないとしたら
その人の人生観は
変わってしまう　苦しい選択がある
自分の価値観を　貫くか
会社の考えを　優先するか
二十年後に　それでよかったと
判断できればよいが
いずれにしても　二十年後は
やってきた
心の負担をかけた問題は
当事者が悪いのか
若者が　未熟だったのか
若者の価値観と　私のそれとが
どうでもよいことだったら

私達は　ひとつも苦しむことは
なかっただろう
たまたま　当事者の一人となった事で
一人の若者の
人生を　左右してたとしたら
私は　彼に
謝らなければ　ならない
私のせいでなくっても
私のせいに　なるだろうから

ウェイトレス

長い休みの時のバイト
ほとんど　契約期間こなしたが
一つだけ　一週間しかできなかった
大手町の茶店のウェイトレス
昼食を終えて　束の間のコーヒータイム
ビジネスマンが　次々と集まってくる
ほとんど　コーヒーの注文と　運びの仕事
なんてことないと始めたが　店内は薄暗く
ウェイトレス全員が　ミニスカート
パンストはいてるし　大丈夫と
私は　コーヒーカップを置いた客でなく
背後の視線が気になった
ここに来る　多くの客が
コーヒーだけの休息の場ではなかった
私は　慣れないミニスカートよりも

スニーカーでなかったことよりも
見えない視線の圧迫で
契約期間
やり遂げることができなかった

桜が散るころ

長いつき合いの　来店者だった
昔から　話も合った　同じ年という事もあり
訃報を聞いて　身内と共に仕事も兼ねて
かけつけた
在りし日のその人を　奥さんと話すと
月に一度　四国の遍路めぐりに
必ず一人で　出かけていたという
退職日が　もうすぐだった
仕事で職場に行くと
細くて頼りない十本程の桜が
吹雪と舞っているのを見て
少しほっとした
私は　亡くなる時には
その年の桜を見てから　ゆきたいという
思いがあるから

亡くなった人は
私に見せていた姿と
妻に現していた表情と
そして　月に一度の四国廻りの顔があった

癒されたい心

父や母　そして祖母が生きていた
戦前・戦中・戦後
ひとつの戦いを境に
生活は一変　豊かなくらしが
あっという間に　ひっくり返り
味わったことのない　地獄と遭遇する
皆が　食べていくだけで　大変な時代
言葉で　表せない　屈辱的な行いも
子供には　伝えられず
胸にしまったまま　さよならしたが
あふれ出た無念は　晩年の子供の体で
知らしめる
私に　言えなかった事　沢山あったんだ
頼る人のない女性は　もっと大変
朝から夜中まで

異性相手の仕事をした人
そんな女性の哀しみは　時代を超えても
どこかで　癒されたい　辛かったわね
少しでも　安らかな気持になれますように

壊れた体を直すこと

仕事で　一人の人間の行動を
一部始終　把握しなければ　ならないとしたら
それを　仕事にする人間の価値観は　どういったものに　なるだろう
毎日　一人の時のその人の動きを　見ることは　きつい仕事だ
反吐（へど）が出る
投げ出したくなる
反動で
表裏一体の自然な人間を　目の前にしたら　どうなるか
彼は　仕事で心が壊れている
だから
自分のしていることが　表裏一体の人間を
傷つけていることに　気づかない
早く気づいてほしい
それは　あなたの壊れた心と体を　直していくことに　なるのだから

五章　男女の道

もう一度会ってみたい人

学生時　新聞広告のバイトをした
ひたすら　企業に電話をかけ
いわゆる　三行の人材募集広告の勧誘
大抵は　コールするだけで一日が終わる
一回だけ　アポがとれ　営業に出向いた
そこは会社のはずだが　訪ねてみると
マンションの一角　入室したとたん
場違いを感じた
応接用のテーブル　椅子が真中に置かれ
奥の長机の両隣に
子分を一人ずつ立たせて
肘かけ付の黒皮張りの大きなイスに
主人が　すわっていた
頭の中をかけめぐる緊張を　押し殺して
あいさつして　用件を進めた

子分達のキョロキョロした目を横目に
契約内容を説明し　その是非を問うため
主人の目を見た　時間にして六、七秒
その部屋に居たのは　二十分位
四十代前半　落ちついていて
人を魅きつけるものを持っていた
だが　恐さと　その人への興味を
表に出したら　負けのような気がして
感情が表に出るのを押さえた
彼は　契約書にサインし
私は　無事マンションを後にした
だが　百メートル歩いた所で　足が震えた
彼は　ほんとうに　人材が欲しかったのだ
何かをするため　というより
自分を変えていく　誰かを求めて
私の　求人案内広告に
コンタクトしたような気がする

五秒の未来

この七、八か月の間に
一人の知人の　過去と　現在と　未来を　見た
それは　ほんの少しの現在を共有した事で
過去が　引っ張り出され
又　ある駅で　よく似た
しかし　五年　十年先の未来のその人の　横顔を見て
数秒だったが
ゴマ塩頭で　体の線と目がそっくりで
とても　不思議な感覚だった
そこで　何年後かに　会う約束してたんだろうか
だけど　その未来には
たぶん私は　居そうもないから
だから　神様が特別に
会わせてくれたんだろうなと

恋

仕事のように　策をめぐらせては
つかめない
打算を捨てないと　手に入らない
嘘をつくと　あとでブーメランのように
手痛い仕打ちが　舞い戻ってくる
その時点で　偽りのないもの同士が
つかみとるもの

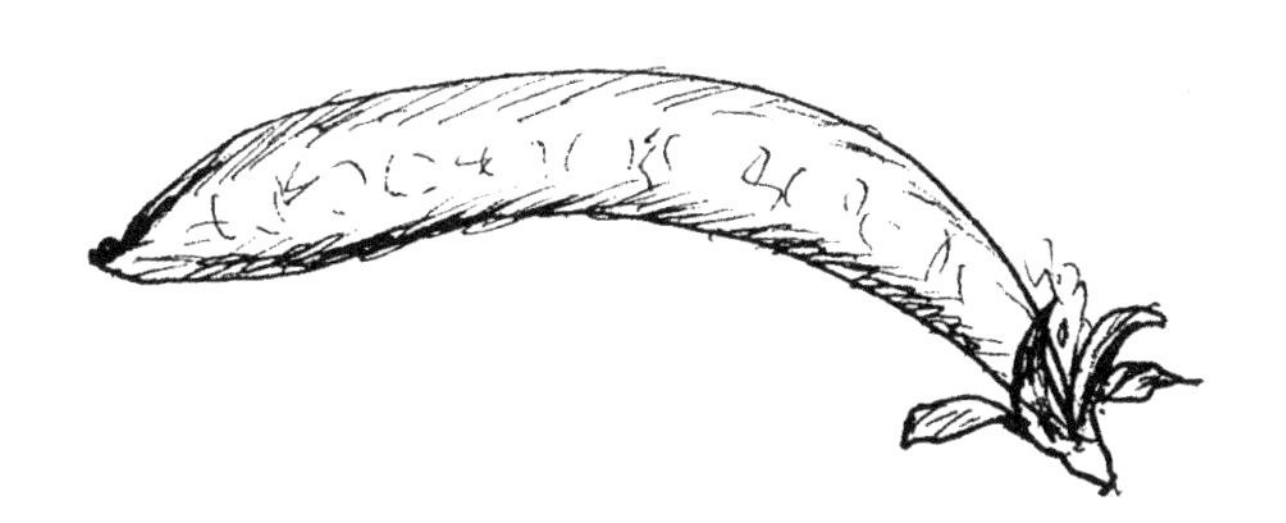

流れ

茨木のり子氏　曰（いわ）く
一生で　キラリと光る瞬間は
ほんの少しだと
私のそれは　ふり返ると
舞い戻って来た　ひとつの苦しみから
導かれたもの
皮肉な　なりゆきだ

最初に浮かんだ顔

きのう　離れた所で地震があった
余波で　外出中だったビルの中も揺れた
どうしようと思った瞬間
その人の顔が　浮かんだ
大丈夫かと　心配している自分に
子供でなく　その人を案じている自分に
又　ハッとした

視線

その人は　差し向かいのテーブルで
依頼した　仕事をしていた
私は　下を向いていて顔を上げると
彼の視線は　右上から左下に流れた
明らかに　今まで見ていた場所を
移動させた　視線だった
彼は　どこを見ていたのだろう
そして　とっさになぜ視線をそらしたのだろう
私の貧弱な体に誇れるものはない
彼は何を探して
何を求めているのだろう

共に移動

用事で　遠方に移動した
友人宅で　体重を計ったら
食欲あって食べたせいか
二キロ増えていた
自宅へ帰って風呂に入る前　計ると
元に戻っていた
友人宅の測定器が　おかしいのか
それとも　その差が
あなたの魂とあなたの体の一部が
プラスされているとしたら
そして　あなた　とは　一体誰なのか
遠方で寝る前のストレッチ
体が少し堅かったから
柔軟体操は　苦手みたい

恋するかたち

男性であっても　女性的部分が　遺伝子的にあり
それが多いと中性で　少ないと　男性そのもの
だから　神様は　ひとりひとり　調合を違え
幅広い人の集まりを　生み出した
男として社会で活躍してても
内には　女以上に　女の部分があり
男が　男を求めることもざらである
だから　その反対もね
表向き　男と女が　ひかれあっても
それは　男と女の単純なものでなく
男の中の　女の部分が
女の中の　男の部分を　見つけ出し
内なる性を　欲していることだって　ありうるのだ
又　女の中の男の部分が　相手の男の中の女の部分を　好きになる
だが　もし　そうだとしたら　本人達は　気づいているのだろうか

六章　これからの道

道のり

父は　終戦で　生活が一変する
捕虜生活で　遅く日本へ帰国した
その傷は深く
子供の私は　酒で紛らわしている父を見て
冷たい視線を　送り続けた
父の辛さは　捕虜生活で　同僚の多くが
栄養失調で亡くなる様を　見てきただけでなく
耐え難い　別の行為を要求されたこと
だけど　それは娘には言えない
そうして　自分の苦しみは　私には
理解されぬまま　亡くなった
十才の時　両親の話を　夜中に聞いたことを
思い出したのは　私が子育ての最中
そして　父の深い悲しみを　ほんとうに理解したのは
最近のこと

されたことでなく
それを言えず　一生娘の私に
自分のことを　わかってもらえない　寂しさだった
だから　私も言いたい
夫からされたことを　夫が亡くなり
心底「大変だったね」と
声をかけてくれる人が
わかってくれる人が　いないことが
一番辛いんだと
事実を明らかにできなかった故に
そのくやしさを　しまったまま　消えてしまうんだから
だけど
他にも　たくさんの人々が
時代を超えて　同じ様な経験をして
亡くなっているんだろうと思うと
その人達と　せめて夢の中だけでも
抱きあいたいと思う

こころ

育った所を離れて
別の文化の地域で　暮らすということ
きっかけは
いろいろあろうが
慣れていくのに　それなりの覚悟がいる
自分が納得した区切りで
始めたことでも
沢山の見えない壁が　存在した
ましてや　理不尽な出来事で
別の環境で　生きていかなければ
ならないとしたら
適応性のある　若い頃でも
心は　何を頼りに
生きていけるのだろう
体の中に　心がいくつもあって

いつでも　ひとつがダメになっても
別の心が　やっていけたらいいが
それを作り出すのも
時間がかかる
つぶれた心が　元の心に再生出来たら
弱い面と強い面が
ころがりながら　動いている
紀元前
紀元後の人の歴史があるから
そう　簡単に　壊れないよね
いやいや　現代の方が
脆いかもしれない

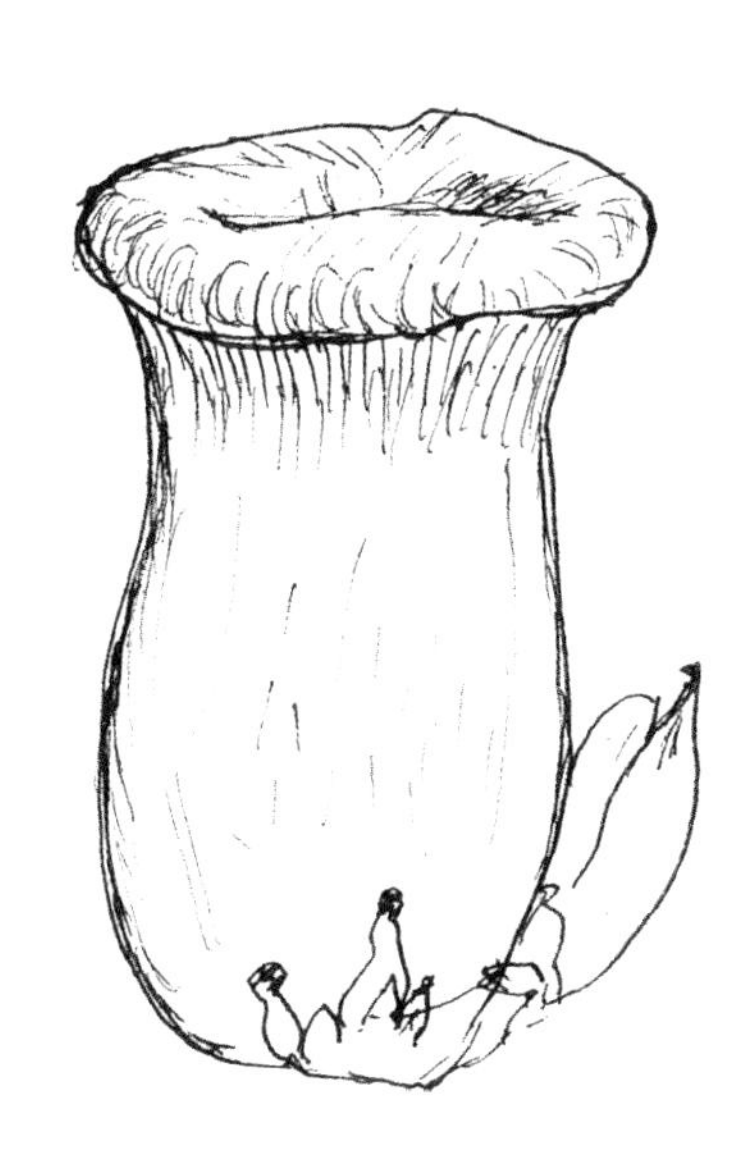

はっさく

いただきものの　はっさく
木からとりたての　柑橘類は
甘くないが　天然の味
酸っぱくて　少しだけ甘い
忘れていた
三十年前の感覚　もっと前か
私が小さい頃から　私の子供の幼い頃まで
むさぼり食べて
そんな昔を　さかのぼる
貧しかったが　信じあえた
喜怒哀楽の素直な　ぶつかり合い
その頃の自分をひっぱってきた
変わっていないことに　悲しいというより
うれしいというより
いとおしく思う自分がいた

他人が　どう判断しようと
これ以上の自分になれない
おきざりにされるだろうが
唯一残されたものが
探していたものだと　わかるだろう

カーシェア

レンタカーは　少し前からあった
最近は　カーシェアがある
分刻みの使用料金
お得と言えば　そうかもしれない
維持費を考えると
短時間　彼女を駅までの送り迎えに
外車を借りて　十五分間のセレブ気分
キャベツを一個買い
一枚づつはがして使い
次の日のメニューを考える
今は　必要な分のカット野菜を　求める
そのうち人間も
一日だけの　亡くなった母親になって過ごすとか
子供の一日レンタルしたり
当たり前に　恋人貸しも

そばに居てほしい時だけ
出前を頼む　そういう人間関係
人間関係って言えるのか？
もう始まっているのでしょうか？
私が　知らないだけで

空気

満員電車の中に　立っていた
椅子の下にあるヒーターが　車内中効いていたせいか
七才の私は　そばにいる母にがまんしきれず　訴えた
「お母さん　空気が足りないよ」
狭い空間の苦手意識はそこから始まったのかもしれない
背の高さのちがいで　濃度は　大人とちがう
帰省の混雑した新幹線の中で　私の子供も立っていた
身動きとれないのに　子供の一人が
やたらと　トイレにいきたがる
空の色が　急に黒い雲で覆（おお）われた時
気嫌よく遊んでいた子は　急に泣き出した
年令が低いということは　大人より
自分のまわりの風景に　敏感である　体で反応する
知識が増えるということは
幼い頃　持っていたものが　すりへっていくことにもなる

今

楽しみを　混じえて
生きるのも
一つの道の　あり方
だけど
苦しみを共に背負うのも
その人と　ひとつの時代を生きぬいた
ひとつの接点
それで　語り合うことが可能なら
この上ない　しあわせだが
今は　叶わない望み

ささいな事

ささいな事を　気にせず
今を笑えたら　いいと　言うあなたに
同じ　ささいな事を　私がしていたら
あなた方は　私達と　長くつき合って　くれたんだろうか
私が　ささいな事をしていたら
あなたは　立ち寄ったのだろうか
あなたは　何年後かに　会ってくれたんだろうか
この答えを聞いてみたいが
でも　あなたは　きっと　言い返すだろう
あなたが　ここに来なかったら
あなたが　あなたとして生れて　生きてこなかったら
この流れ事態もないでしょうと
私は　今は　笑えない
未来は　わからないけど

悲しい感情

悲しいという感情は
自分に対してだけでない
相手に対しても　わき出てくる
相手が　している事を　残念なことだと
思った時
相手が　それ程　つらかったんだと
感じた時
相手の心を　手の平に　置いた時
伝わるものは　時を隔てて　届くもの
少しだけ　しょっていたものを
おろしてみましょう

城

日本の各地で　お城があり
昔は　それぞれが独立して
緊張関係を保ち
あるいは　領土拡大や　権力争いで
壊されたり　建てられたりと
戦いの歴史と　城の歴史
それぞれの地域を　統一させるための
不可欠なシンボル
大きい重箱を　何段も重ねたような所で
生活する権力者達
お城が　大きな役所になり
会社になり　工場になっていく
まともに殺し合いしなくても
笑顔の裏で　必死に戦っている

性悪説

いつまで　苦しむんだろう
亡霊の　かつての言動に
体を休めて　みる夢の中で
おかしいと問いかけながら
一向に　あらためず
相手を変えられなかった　情けない自分に
対して
性善説と性悪説
人間を生物全体の　最悪の頂点として
出発してみると
教育も道徳も　必要なかった　原始社会
そこに　戻ってみたら
少しは　わかるのかな

五感

視覚
聴覚
嗅覚
味覚
触覚

五つの器官を　研ぎ澄まして
生きてきた
人類最初の人達
広い地球を　発展し続けた人間
ここまで　走って来た
その恩恵で
五感を
必要としないでも　暮らせる時代が
やってくるのかな

だけど　何かがきっかけで
たった一人になったなら
これ以上の味方はいないと思うけど

二〇一七年一月の海

雪が散らつく　一月の海
なまり色の雲が　深くたれ下がる
白い雲と　かわりばんこに
ゆっくり　進む
人間共を　見渡すように
それらの雲の　すき間から漏れ
主張する光
寒空を一変し　眩しい太陽
暖かさ
じっと海を見ていると
満ち引きだけの波が
小さな銀色の魚が一斉に
はね上がってるよう　みえたり
海の底から　湧き出る
細い宝石の一群(いちぐん)にも　見える

たとえ　誰かが反対に
まわったとしても
この海と　空と　雲は
私と握手してくれた
そして　あの人もきっと
と　思いたい

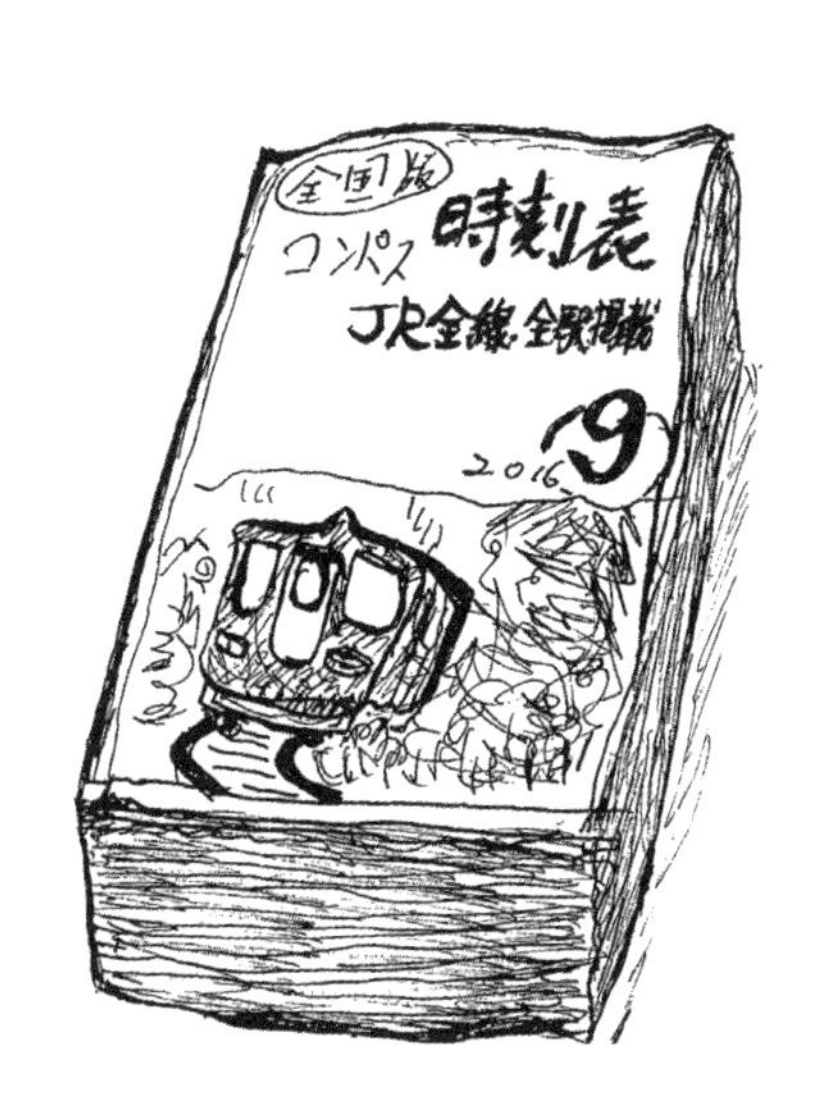

命

守りたかったものは何ですか
私の大事なものは何ですか
一つの命　二つ　三つの命
そして　もう一つの
どんな事があろうと
これだけは　出来る限り
生きるか　死ぬかの瀬戸際で
帰ってきた父から　受け継いだ私だから
その命の重さを
最期まで　伝えて行こう
今はたとえ　誰にも　わかってもらえなくとも
子供たちが
私と同じ立場になれば
きっと　理解してもらえるから

あとがき

書き足りなくて、自然に二冊目ができました。ことわりとして一冊目「交差点」中の「そして」の「たくさんの大好きな人を作って」とは、心が通いあう友人を対象にしています。又「どこまでもプラトニック」は気持ちが通じる関係を強調したかったが、使った言葉が適切でなかったかもと反省しています。

今回「道のり」の「道のり」で「その人達と　せめて夢の中でも　抱きあいたい」とは、トラウマを持つ女性とわかちあいたい、ハグしたいという思いです。

【著者紹介】
Akiko Smith（アキコ　スミス）
主婦。著書に「交差点」（弊社刊）がある。

道のり

2017年5月24日　第1刷発行
2025年5月20日　第2刷発行

著　者　Akiko Smith
発行人　久保田貴幸

発行元　株式会社 幻冬舎メディアコンサルティング
〒151-0051　東京都渋谷区千駄ヶ谷4-9-7
電話 03-5411-6440（編集）

発売元　株式会社 幻冬舎
〒151-0051　東京都渋谷区千駄ヶ谷4-9-7
電話 03-5411-6222（営業）

印刷・製本　シナジーコミュニケーションズ株式会社

検印廃止

Printed in Japan
ISBN978-4-344-91307-3　C0092
幻冬舎メディアコンサルティングHP
http://www.gentosha-mc.com/